Echt jetzt, Tamon?!

1

Yuki Shiwasu

Ich will dein

Beauty Mark sein!

Yuki Shiwasu

OFFICIAL ★ CONTENT

Die Nahaufnahme eben war der Hammer!

Hah Hah Hah

Tamon

Ich dachte, ich sterbe!

Aber stattdessen werde ich länger leben!

Tamon ist ein Gott! ♡♡♡

Hah Hah Hah

Taaam on

Mit halbherziger Unterstützung ihrer Familie.

Oberschülerin, die für ihre Idol Group lebt.

Ach, lass sie. Ist doch lustig, unsere Kleine als durchgedrehter Fan.

Ich find Tamon auch ganz süß.

Es heißt F/ACE.

Geht's schon wieder um FS? Sie muss die Band ja echt lieben.

Utage Kinoshita, 17 Jahre.

6

Ich möchte der ganzen Welt ein Lächeln schenken!

Zweidimensionale Version
Tamon Fukuhara, 16 Jahre, Oberschüler.

Tamon Fukuhara ist mein absoluter Star.

Bei F/ACE ist seine Rolle der heiße und wilde Typ.

Er hat ein Wahnsinnsgesicht und ist verdammt sexy für einen Oberschüler.

Schmelz しみじみ…

Als Tänzer stellt er mit seiner dynamischen Performance Profis in den Schatten und verursacht reihenweise Scheinschwangerschaften bei Frauen und Mädchen im ganzen Land.

Beim Casting vor zwei Jahren war er noch ganz unerfahren, aber jetzt hat er sich total gemacht.

Irgendwann wird er noch verhaftet, weil er zu cool ist.

Bei der ersten Challenge war er so süüüß!

Das gibt's nicht!

Badumm

Badumm

Verzeihung.

Ich nehme mir nur kurz den Staubsauger.

Badumm
Badumm
Badumm

Er ist erschreckend blass.

Aber Nase und Augen sind unverkennbar.

Äh ...

Okay.

Badumm

Es brennt sich mir jeden Tag von Neuem ins Gedächtnis ein.

Dieses Gesicht würde ich überall erkennen!

Badumm

Badumm

Er wirkt wie ein völlig anderer Mensch.

Privat ist er wohl ziemlich schüchtern.

Das hilft mir, mich gerade noch zusammen- zureißen.

Ent- schuldi- gung für die Stö- rung.

Vielen Dank.

Da will ich Geld verdienen, um meinem Idol näher zu sein, und lande bei ihm zu Hause!

Ich muss fragen, wo die Putzmit- tel sind.

Ah!

Na ja, jeder ist ja ein bisschen schüch- tern.

Gatschack

Ich muss noch mal stören. Wo sind die Putzmit...?

Tut mir leid.

Hilfeee! Sie hält mich bestimmt für einen totalen Depri-Loser! Ich sollte mich einfach in ein finsteres Loch verkriechen und sterben.

Zitter Zitter

Zitter Zitter

Zu Hause bin ich doch immer im Off-Modus. Was mache ich denn jetzt?!

I... Ich hatte ja keine Ahnung, dass so ein junges Mädchen kommt.

Äh, nein ... So schlimm ist es dann auch wieder nicht.

Ich werde nachts in der Gosse abgestochen und verblute dann einsam und allein ...

Es war ein hartes Leben.

Ich wünschte, ich wäre nie geboren worden.

Jammer

Jammer

Eins ist klar: Tamon Fukuhara ist ein trauriger Loser, der 0 Freunde hat! LOL LOL LOL

Ich will mein Geld zurück!

Waaas?!

Der soll nicht so auf Womanizer machen.

Ich lach mich schlapp.

Von wegen wild und sexy!

Vergiss es, Mann!

Die Hater werden mich fertigmachen, das wird direkt viral gehen! Die ganze Welt wird über mich lachen, sogar meine treuen Fans werden mich als Fake abstempeln!

Es ist alles aus! Ich bin aufgeflogen! Das ganze Internet wird mich auslachen! Die Posts werden nur so auf mich einprasseln.

Es macht mich so glücklich, dass es dich gibt.

Und dass du Sänger geworden bist!

Weißt du ...

Ähm. Also ...

Ich weiß, so was sollte ich nicht sagen. Ich bin ja zum Arbeiten hier.

Aber das musste ich einfach loswerden.

Ich bin seit der Audition vor zwei Jahren ein Riesenfan von dir.

Ich bin ein totaler Fake, richtig übel.

Tut mir echt leid. Entschuldige.

Sorry.

Hä?

Es lebe der Tamonismus!

... der Problem= fan.

Tamon-Fukuhara-Megafan

Utage ...

Ich dulde keine negativen Kommentare über dich, nicht mal von dir selbst!

Du switchst ja noch krasser hin und her als ich ...

Äh, wie? Was passiert hier?!

Aber, wie soll ich sagen ...?

Du bist Fan, bewunderst jemanden.

Äh, ja. Unser Producer fand diese Richtung gut, mehr so flashy.

Es ist schon schräg, dass du mit der Persönlichkeit so einen Cha- ra spielst.

So anma- ßend, dass ich mich zu Tode schä- men sollte. Trotzdem ...

Es ist extrem an- maßend, wenn ausgerechnet ich so was sage ...

Gut gemacht, Producer. Gott

Tamon

Zuck

... der der ganzen Welt ...

Ich möchte ...

... jemand sein ...

... ein Lächeln ...

... schenkt.

»Ich möchte der ganzen Welt ein Lächeln schenken!«

Das hat er damals auch gesagt.

Verstehe.

Ich weiß, ein Mensch mit so einer supernegativen Ausstrahlung bringt normalerweise niemanden zum Lächeln.

Schnief

じゃぁ…

Uuuhu ...
(Weint.)

?!

Es darf nie an die Öffentlichkeit dringen, wie du wirklich bist.«

»Hör zu, dein wahres Ich interessiert keinen.

Tamon ...

Mir selbst vertrau ich am wenigsten.

Ich bin so ein Jammerlappen.

Depri メソメソ…
Depri メソメソ…

Als ich auf einmal berühmt wurde, musste ich mir von allen möglichen Leuten alle möglichen Sachen anhören.

Ich würde so gern auf die Stimmen der Fans vertrauen, aber ich kann nicht mehr.

22

So, Depri-mon!

Ab heute koch ich für dich, wie versprochen.

Natürlich nicht.

Du hast mich nicht als Fake geoutet?

Der Arme hat sich komplett falsch ernährt.

Ich wundere mich nur, wie du bei der Ernährung so fit bist: Singen, Tanzen, das volle Programm.

Na ja ...

Dafür rühr ich mich daheim keinen Schritt.

Entschuldigung, ich bin eine Umweltsau. Ich bin Müll, der Müll produziert, furchtbar.

Ich war ganz baff, als ich neulich deinen Müll gesehen habe.

Nichts als Instantnudelbecher und Foodcontainer.

Das hab ich nicht gemeint.

Was wir essen, hat großen Einfluss auf unser ...

Ich hab's nicht so mit hausgemachtem Essen.

Bitte steig nicht aus, Tamon.

Ich hab Handschuhe und Maske getragen, ganz wie in einem Lokal.

Probier doch mal.

Tsching

... seelisches Wohlbefinden!

Nicht frittierte

Fertig!

Karaage

Tamon!

Ich kann dich doch nicht hungern lassen ...

Happs

!!!

So ein Schwindler!

Happs

Was geht bei ihm für ein Kopfkino ab?

Hah

Hah

Er leckt ...

Darf ich mich über alles hermachen?
(Über das ganze Essen.)

... sogar den Zahnstocher ab ...?!

Sag ...

Todesursache: Tamons tödliche Sexyness.

Hier starb Utage Kinoshita, 17 Jahre.

Krawumm

Plopp にーき

Ah!

Hah

Hah

Wie?! Was soll ich da sagen?!

Hab ich einen Schreck gekriegt!

Krasse Reaktion.

Uh, mein Gesicht tut weh. Ich hab Muskelzuckungen.

Ich hab in letzter Zeit so viel um die Ohren.

Da spinnt der Schalter offenbar rum.

S... Sorry.

Mann, was legst du auch so plötzlich den Schalter um!

Badumm Badumm Badumm

Ich war kurz davor, mit den Engeln zu singen!

Es ist sicher hart, immer den Erwartungen der Fans ...

... zu genügen.

Fwomp

Ha ha

D... Das ist doch mein Rezept!

Ähm, also ...

Zurzeit mag ich Frühlingsrollen mit Thunfisch besonders.

Leckeres Essen ...

Da klingst du wie ein normaler 18-Jähriger. Das ist irgendwie beruhigend. Ha ha!

... gibt einfach Power.

Und in Ingwer geschmortes Schweinefleisch.

...

ぺこ
WUPP

Danke
für alles.

Ich glaub,
ich pack das
schon irgend-
wie bis zum
Konzert im
Dome.

Ähm
...

Utage?

Gatschack

Ja?

Dafür
braucht es
kein beson-
deres Lob.

Ach,
schon
gut.

Doch.

Ist mein
Job, da ge-
hört das
einfach
dazu.

Nicht
der
Rede
wert.

Wer hat
hier was
von Abfall
gesagt?!

Starr

»Tamon
ist ein
National-
schatz.«

Dank
dir bin
ich geis-
tig-mo-
ralisch
...

...
zumindest
von Abschaum
zu Abfall auf-
gestiegen.

Drucks.

Drucks.

Ich dachte, du würdest dich freuen.

Dann ein andermal.

Idol sein ist auch ein Job.

Aber meine Fans bejubeln mich dafür.

Tut mir leid. Ich geh mich aufhängen.

Sorry! Hab ich wieder was Falsches gesagt?!

Hey!

Zweites Gebot: Du sollst Tamon nicht töten!!

じゃ

Trän...

?!

... und nicht von Tamon.

Ach, es hat mich nur bewegt, so was aus dem Mund von Deprimon zu hören ...

Halt, falsch!

Das habe ich nur durch deinen Anschiss geschafft.

Ah!

Manager

Hä?

Ent-
schuldi-
gung, es
tut mir
leid!

Blaff

Wenn
du wirklich
ein Fan bist,
solltest du
wissen, was
sich gehört,
und dich bit-
te auch so
verhalten!

Du benimm
dich gefäl-
ligst auch!
Dreh deinen
professionel-
len Strahle-
mann nicht
so auf!

Kriegt auch
was von der
Strafpredigt ab.

Entschul-
digung.

Ich kann
doch nicht
im Rausch der
Leidenschaft
ein nationales
Kulturgut um-
werfen!!

Was
mache ich
denn?!

Hah

Aah
...

Hah

Hah

ang in seine Wohnung ein und v

X. wurde eine 28-jährige Frau in der Woh
at erwischt. Der Tatverdacht lautet auf
le Nötigung.
enommen,
s durch Bild
den hat.

13:11

Nachrichten

Idol wird Opfer von Stalkerin

156898

Sie drang in seine Wohnung ein und wollte ihn umarmen
Am XX.XX. wurde eine 28-jährige Frau in der Wohnung des Opfers auf
frischer Tat erwischt. Der Tatverdacht lautet auf Körperverletzung
und sexuelle Nötigung. Es wurde angenommen, dass die mutmaßliche Täterin den Wohnort
ihres Opfers durch Bilder auf seinen privaten Social-Media-Accounts
herausgefunden hat.

Schlimm!

Fans,
die nicht
zwischen
Realität und
Fantasie un-
terscheiden
können, sind
gruslig.

Das ist
nicht
gut.

Gewöhnliche Menschen dürfen nicht in die Privatsphäre eines Stars eindringen.

Ja, genau.

Vor Rührung und Dankbarkeit heiße Tränen zu vergießen.

Zu sehen, wie ihm sein kometenhafter Aufstieg noch mehr Glanz verleiht.

Aus der Ferne ein Idol zu bewundern, das in seinen luftigen Höhen für Normalsterbliche unerreichbar ist.

Das ist so was von anmaßend, da sollte man sich zu Tode schämen.

Das ist als Fan doch die wahre Freude, findest du nicht?

Krass!

Je mehr Haut, desto besser!

ACE

Aaaaah

Genau.

So ist es.

Seht mal!

Das Starposter des Monats!

Danke, dass es dich gibt.

amon Fuku

Was mache ich nur? Er geht mir einfach nicht aus dem Kopf.

Bei unserer nächsten Begegnung bin ich sicher noch mehr von ihm hingerissen.

Was, wenn ich wieder über ihn herfalle?!

Mompf Mompf Mompf

Oh, Tamon!

Daheim ist Tamon der reinste Zombie.

Schmacht

Schmacht

Wedel Wedel

Ah!

Guten Tag!

Herrje!

Sag bloß?! Wär dir das junge Mädchen lieber gewesen?

Lange nicht gesehen, hier ist Frau Toda.

Lins
ひょこ

Nachdem ich aus der Klinik entlassen wurde, darf ich ab heute wieder arbeiten.

Hi hi

...

!

...

Vielleicht kannst du mir da weiterhelfen?

Meine Enkelin benutzt immer solche neumodischen Jugendwörter, die ich gar nicht kenne.

Eyes on you! We are F/ACE!!!

Zum Glück ist Frau Toda wieder zurück.

Also wieder zurück dazu ...

TOKYO DOME

Ich will meinen Mann mit Tamon betrügen, dabei bin ich gar nicht verheiratet!! (Wahnvorstellungen)

Seine Stimme live zu hören, ist der Hammer!

Ich halt's nicht aus!

Ich liebe dich, Tamon!

Einfach irre, wie er den Switch macht.

Schauder

...ein einzelner Fan in der Ferne zu sein.

Jaaaaaa♥

Ich umarme euch alle auf einmal!

Seid ihr bereit?!

F/ACE sind das Gesicht ihrer Generation.

Haaaach! ♡
(Ringt nach Luft.)

... die ihn der Ferne umkreisen.

Wir Fans sind nur ein Ring aus unzähligen kosmischen Teilchen ...

Er ist ein Star.

Für mich ...

... war er immer so weit weg.

Waaaaaah

Selbst durch ein Missgeschick darf ich nicht zum Kometen werden und mit ihm zusammenstoßen.

Es lebe der Tamonismus!

Werden sie mich nicht hassen?

Kein Fangirl würde wegen irgendeiner Liedzeile vom Glauben abfallen.

Drittes Gebot: Glaube an Tamon!

Bla
Bla
Bla

Es lebe der Tamonismus!

So was, jetzt ist die erste Hälfte des Konzerts ... schon vorbei.

Es war so toll!

Das ist eine emotionale Achterbahn für mich. Mal bin ich freudig erregt, dann traurig.

Schnief Schnief

GWAPP

Ich geh was zu trinken kaufen.

Bis gleich.

Ich hab dich gesehen, da wollte ich ...

Was machst du hier?!

Ah!

!

Ich hab 300 % Sehschärfe.

Sag mal, was hast du denn für Adleraugen?

Auf die Entfernung sieht er mich in der Masse?

Schnief

Was?

Er ist nicht nur ein total heißer Typ, tanzt und singt genial, sondern sieht auch dreimal so gut wie ein normaler Mensch?!

Sst

Ei-
gentlich
...

...
will ich der
ganzen Welt
ein Lächeln
ins Gesicht
zaubern.

Aber du
weinst.

Uaaah!

Je...

Ich
natürlich
auch.

Jeder
Fan möchte
mehr über
dich wissen.

Schwupp

...

Hilfeee!

Hat das
irgendwas
damit zu
tun ...

...
dass du auf
einmal nicht
mehr zu mir
kommst?

Ohne dich bin ich aufge- schmissen.

...

Unmög- lich.

Okay.

Wie kann ich da Nein sagen?

Das ging schnell.

Es tut so weh!!

Unh ... Mein Gesicht!

Ich bitte alle Tamon-Fans im ganzen Land um Entschuldigung.

Diiiung

Halt!

Komm zurück! Euer Auftritt ist noch nicht vorbei!

Du kannst jetzt nicht den Switch machen!

Ich bin und bleibe Problemfan.

Eure Utage

Okay!

Track 2

Ich hab mir schon Milliarden Mal ausgemalt, Tamon die Hand zu geben. ♡♡

»Tamon! Tamon!

Hah

Hah

Was denn, Utage?

Wie kannst du nur so unfassbar cool sein?!«

Ha ha. Ist doch klar ...

Die als künftige Superstars geltende Boygroup F/ACE ...

... veranstaltet ihr erstes Hi-Touch.

HOPS るん

F/ACE erobert das Land!

Das ist ein historischer Moment, auf den alle Fans gewartet haben. Und ich kann dabei sein!

Ich bin froh, dass ich mein ganzes Geld in die gesammelten CDs investiert habe.

HOPS るん

Für das Hi-Touch muss ich noch ordentlich Kohle scheffeln!

Ich muss mich mit der Scheuerbürste porentief rein schrubben.

Außerdem brauche ich das perfekte Outfit, ich muss neue Klamotten kaufen.

Hallo!

Und zwar ...

Guten Tag.

Ich bin heute wieder im Einsatz ...

Gatschack

... damit du dich garantiert in mich verliebst.«

Ich glaub, ich ster- beeeeee!!

... als Tamons Haushälterin.

Ich hab die Schnauze voll vom Showbiz!

Gwaaaaah

ドヤ Stomp

Hast du eine Ahnung, wie viel unsere Agentur in euch investiert hat?

Also meckere nicht rum, sondern mach deinen Job!

Stomp ドヤ

Idiot! Was redest du da für Unsinn?!

Ich verreise. Bitte suchen Sie nicht nach mir.

?!

Was bisher geschah

Tamon ist mein absolutes Idol, ich bete ihn an.

Er gehört zur angesagten Boygroup F/ACE, wo er den Typ »wild und sexy« repräsentiert. Er ist ein Superstar! ☆

Ich wandere nach Alaska aus und führe ein friedliches Leben in der Natur.

S... Seien Sie doch nicht so! Ungh ... Urgh!

Glaubst du, du überlebst zwischen Bären und Wölfen, wenn du nicht mal das Showbiz packst?

Was? Der ist ja ganz anders als auf der Bühne.

Was für ein Trauerkloß!

Kauer ニバ...

Um mein Fandom zu finanzieren, arbeite ich als Haushaltshilfe. So bin ich bei ihm zu Hause gelandet!!

In meiner Rolle als Haushälterin natürlich!

Ich unterstütze nicht nur den Strahlemon im Star-Modus, sondern auch den Deprimon im Off-Modus.

Aber Tamon ist eben Tamon.

Es lebe der Tamonismus!

Ohne dich bin ich aufge- schmissen.«

»Bitte sei an meiner Seite mein Fan.

Manager

Äh, hör zu ...

Da bist du ja.

Ah, Utage.

... komme ich wieder hierher.

Nachdem er mich da- rum gebe- ten hat ...

Nein, ich hab ihn zu Boden gestoßen.

Ich bin definitiv über ihn hergefallen.

Als ich dich auf Tamon am Boden liegen sah, dachte ich, du seist über ihn hergefal- len. Aber du bist nur gestolpert, hat er mir erzählt.

Was?

Entschul- digung, dass ich dich neulich so angebrüllt habe. Das war ein Missver- ständnis.

Auch wenn er ganz anders ist als Strahlemon, darf ich mich von der Nähe zu ihm nicht noch mal zu so was verleiten lassen.

Vor lauter Entzücken über sein Lächeln hab ich Deprimon umgeworfen. Für einen Fan ist das ein absolutes No-Go.

...

Vielen Dank, dass du ihm nicht verraten hast, wie ich über die Stränge geschlagen habe.

Wie soll ich mich allein um fünf Rotzbengel kümmern?!

Mann!

RRRR

Die Gruppe hat nur einen Manager. Dürfte ein harter Job sein.

Tatapp

Wie war das jetzt mit dem Rückzug aus dem Showbiz?

Auf Wiedersehen!

Ja, schon gut!

Dabei wär's ein Wunder, wenn ein Loser wie ich überhaupt Schweißdrüsen an den Handflächen hat!

Meine Hände werden mega schwitzen, weil ich so nervös bin. Die Leute werden angeekelt sein und blöde Witze machen: »Ha ha! Auf deinen Händen könnte man ja Pilze züchten!«

Es wird rauskommen, was für ein trauriger Loser ich bin!

Sicher sind die Fans noch viel aufgeregter.

Alle wissen doch, das ist euer erstes Event in der Art.

Es ist völlig verrückt, sein ganzes Geld auszugeben, um alle CDs von so einem Typen zu kaufen! Esst lieber leckeres Essen!!

Und überhaupt! Was soll das mit dem »wild und sexy«? So jemand würde doch wegen sexueller Belästigung verhaftet werden! Was kann man an so einem Kerl gut finden?!

H
a
q

Bibber

H
a
q

Bibber

H
a
q

Bibber

Huch

Gibt es für ein Fangirl Schöneres, als die gleiche Luft wie Tamon zu atmen?

Aber dein Schweiß ist doch ein edles Elixier?

Auch diese Seite von dir ist faszinierend.

Das ist keine Schmeichelei!

Es ist lieb von dir, mir so zu schmeicheln. Danke.

Tut mir leid, dass du dich um einen elenden Wurm wie mich kümmern musst.

Auch für die Fans, die zu uns kommen.

Ich will ...

... es richtig machen.

Er hat immer noch null Selbstwertgefühl.

Unfass-
bar ...

... wie
profes-
sionell
er ist.

Trotzdem
habe ich
Angst, mir
könnte der
Charakter
entgleisen.

Ha

Zitter

Ich
möchte ihre
Erwartun-
gen nicht
enttäu-
schen.

...
so Erfolg
zu haben, wie
er sich das
wünscht.

Darum
möchte
ich ihm
helfen
...

!! Wump !!

Was ist das?

— Selbst meine gleichgesinnten Freundinnen finden meine Sammelwut schräg. Aber solange es für Tamon ist ...

... Tag für Tag meine wilden Fantasien festgehalten, die ich mit Äußerungen von dir in Fernsehshows, Internetvideos und Social Media gefüttert habe.

Und in diesen Heften habe ich ...

Äh ... Okay ...

Das sind Zeitschrifteninterviews, ausgedruckte Blogs und Internetartikel, die ich in den letzten zwei Jahren gesammelt habe.

!!

Sag ...

Kapiert es nicht.

Krass!

Da sind sogar Sachen dabei, an die ich mich gar nicht er- innere.

びっじ
Flapp

Macht das wirklich Spaß, über jemanden wie mich Infos zu sammeln?

Wie bitte?!

Über jeman- den wie dich?!

Tamon ist das Paradies.

Wenn du gründlich studierst, was da über deine öffentliche Persönlich- keit steht, sollte das Event ohne Entgleisun- gen über die Bühne gehen.

Das sind nur meine privaten Spinnereien, einfach igno- rieren.

Was sind das für Anmerkun- gen an der Seite?

Du sagst, du hät- test Angst, plötzlich aus der Rolle zu fallen.

Toll.

Ich glaube, damit kann ich es irgendwie schaffen.

Gott

Ähm
...

Tut mir leid,
dich um noch
einen Gefallen
zu bitten
...

Ja?

Klasse!

Jetzt kann ich
auch beruhigt
am Hi-Touch
teilnehmen.

Danke.

Ich leih dir
die Sachen
gerne.

Pro
Person
sollen es
etwa fünf
Sekunden
sein.

?!

Würdest
du mit mir
ein bisschen
die Interak-
tion mit den
Fans üben?

Ich
kann doch
nicht einfach
so in den Ge-
nuss eines sol-
chen Privilegs
kommen!

Denk
mal an
deinen
Markt-
wert!

Sag das
nicht so
leicht
dahin!

Nein,
so viel
Glück hab
ich nicht
verdient.

No!!
??

Für dich hab ich mein ganzes Leben Zeit und im Jenseits auch noch!

Ich liebe dich

Ja, du hast recht.

Es ist unverschämt, von dir zu erwarten, für menschlichen Abfall wie mich Zeit zu erübrigen.

Gott

Hä?!

Staun
パァァ

Wenn es nur um ein bisschen Konversation geht ...

Also gut.

Das ist mir so rausgerutscht.

Hm, mal sehen ...

Ich fang mal mit was an, das sicher viele sagen.

Ah!

Danke.

Gott

Keine Sorge, du wirst nie Fan eines anderen sein wollen!

Mit Deprimon geht das schon irgendwie.

Switch

»Ich werde dich immer unterstützen. Bitte gib dein Bestes!«

Na ja.

フォフォ
Fu
Pa
a
Pa
h

Tut mir leid, ständig will ich was von dir.

Gwapp

»Wie kommst du dazu?!«

Es ist immer das Gleiche.

Ich freue mich, wenn du offen sagst, was du willst.

Du kannst das nicht wissen, Tamon ...

?

Darum ...

Aber in schwierigen Momenten ...

... macht mich nichts glücklicher, als dir helfen zu können.

... hat niemand ...

... mir so Mut gemacht und Kraft geschenkt wie du.

Krawumm

Tamon hat so unglaublich viel für mich getan.

Das kann ich niemals gutmachen.

Krawumm

Krawumm

Für dich tu ich alles.

Der Tag des Hi-Touchs

Wow!

Ausländische Fans

So viele verschiede- ne Leute.

Teure Geschenke

Ganz in Rot (Signatur- Farbe)

Toll!

Das ist so schön.

Alle sind mit Leidenschaft dabei.

Ich hab gewonnen! Mit 30 Losen!

?!

Oh!

Bla

Ja, sieht so aus.

Bla

Ah!

Ich glaub, es geht los.

Siehst du, wie du geliebt wirst, Tamon?

!

Wobbel

Wobbel

Ich bin voll explodiert!

Alles so geil!

Er ist wirklich göttlich!!

Er hat »Ich liebe dich« gesagt!

Kreisch

きゃい

きゃい
Kreisch

Sein Gesicht hat mir einen richtigen Boost gegeben!

Irgendwie schmeckt sogar die Luft in seiner Nähe besser.

Tamon ist genau, wie ich ihn mir vorgestellt hab.

Es war so toll!

Ja, echt!

Es scheint gut zu laufen, da bin ich froh.

Schwummer
もやぁ～

»Bleib bitte immer mein Fan«, hat er gesagt.

W O O O W !

Er hat mir zugezwinkert. ♡♡

Es war so real!

Er hat meinen Namen gesagt.

W a a a h n s i n n !!

Er hat mir tief in die Augen gesehen.

Keif

!!

WUPP WUPP WUPP WUPP

Ein Streit unter Fans!

Du hast dich doch mit ausgefahrenen Ellenbogen durchgedrängelt!

Was soll der Scheiß?! Trample nicht auf meinen Schuhen rum, die hab ich extra für heute gekauft!

Eifersucht hat an dem Tag, an dem dein Idol so strahlt, nichts verloren, Utage. Das ist unschön.

Tamon gehört nicht mir allein. Tamon gehört allen.

Habt ihr keinen Respekt vor Tamon?!

Mit dem trockenen Krümelzeug brauchst du Tamon nicht zu kommen!

Was hast du da überhaupt? Kekse?

Weiß ich doch! Die sind ganz weich und saftig.

Er ist ein Gott!

もん
Schlurf

もん
Schlurf

Hey!

Verpisst euch!!!

Das macht Tamon keine Freude, wenn ihr euch so aufführt. Schalten wir alle einen Gang zurück und beruhigen uns.

Was ist da los?

Hey, ihr da!

Wer Tamons heilige Gehörgänge belästigt, hat auf dieser Welt nichts zu suchen!

Face-off für den Frieden!

Riskante Herausforder...

Face to face!

Willst du Stress?!

Häää?! Bist du überhaupt F/ACE-Fan?!

♪ F/ACE

Poff Poff Poff Poff

Geh bitte nach Hause.

F/ACE Hi-Touch

Leb wohl, süßes Para-dies ...

Selbst schuld!

Nicht wahr?

Na ja. Auch ohne mich sind noch genug andere begeisterte Fans da.

Solange Tamon nur ...

Hi-Touch

Hi-Touch

Hi-Touch

Hi-Touch

... glücklich ist ...

Zisch

Das Geld, das ich für heute vergeudet habe, muss ich wieder reinholen.

Immer dranbleiben, Fansein ist ein Vollzeitjob.

Warum bist du nicht gekommen?

Wuuusch ファアアアア

Ich war sogar vor Ort.

Aber da ...

Du hast es versprochen!

I... Ich hab mein Ticket verloren.

Kann ihm nicht ins Gesicht sehen.

Zwapp

Ich kann ihm doch nicht sagen, dass ich wegen Zoff mit anderen Fans rausgeflogen bin.

Nicht für einen Moment.

Geknickt

Nein.

!!

Was?

Weißt du ...

Ach, Deprimon!

Warum hast du bloß dein Ticket verloren?

Ich wollte unbedingt von dir gelobt werden.

»Bitte hab keine Angst. Das sind nur meine überschäumenden Gefühle für dich, Tamon.«

Stille

Diese warme Flüssigkeit ist Ausdruck der Liebe von uns Fans.

Tamon beim Training

Du hast wahnsinnig Glück, Utage!

Hi hi

Schon lustig, wie alle Teilnehmerinnen völlig durchdrehen.

Ich wär auch supergern hingegangen.

Jüngerin Tamons
Mein Fleisch gewordenes Idol. Eine wahre Legende. Seine bloße Existenz ist Fanser... #F/ACE Hi-Touch #F/ACEOFF #TamonistO...

Tamons Mädel
Ich war beim Hi-Touch!!!!! In dem Moment, a... Tamons Hand berührte, verschwand meine A...

Tamons Ehefrau
Computergrafik ist heute so fortgeschritten, dass man sie anfassen kann. #F/ACE Hi-Touch #EsistunmöglichdasseinMenschausFleisch... Blutsoperfektseinkann

Tamons Mutter
Unglaublich...

Hach, da muss ich grinsen.

Ihre Fanbase wird immer größer.

Das F/ACE-Event verlief reibungslos und war ein Riesenerfolg.

Tamons Mühen haben sich gelohnt.

Alle Fans waren unheimlich aufgeregt, ihrem Star von Angesicht zu Angesicht gegenüberzustehen.

Schock

Ich mach mir ...

... schon ein bisschen Sorgen.

... dass er auch für viele andere außer uns erreichbarer wird.

Diese größere Nähe zu den Fans bedeutet ...

Tadaaa

Geleakte Bett-Fotos

Tamon würde so was Dummes nie machen!!

Boygroup-Star nimmt Auszeit

Stellt euch mal vor!

Was, wenn er in einen Skandal mit einem Fangirl verwickelt wird und die Klatschprese sich drauf stürzt?!

Mal den Teufel nicht an die Wand!!

One-Night-Stand mit A. nach Party

Grrraaah

Nach der Abi-Feier bis aufs Hemd ausgeraubt: Star nackt!

3 Millionen von fremder Frau erhalten.

Na ja ...

Liebeserklärungen von allen Schülerinnen und Lehrerinnen der Schule!

F/ACE ist eine mega-angesagte, legendäre Idol Group und Tamon ist ihr absolu-ter Star.

Ah!

Oh ...

Tamon ist in Gefahr!

Zu-viele Valentinsgeschenke = Fußboden in Haus von Idol eingestürzt!

Ich frage mich, was an diesen ganzen Geschichten dran ist.

So ...

Deprimon

... wie er drauf ist ...

Wenn ihn irgendein süßes Girl anflirtet ...

Na ja, er ist trotz-dem ein 18-Jäh-riger.

Das sage ich nicht, weil ich von ihm besessen bin, son-dern als ernsthafte Tamonistin.

Tamon ist kein Aufrei-ßertyp! Er hat Stil und Klasse!

Style Attack

Öde

Hot

Übel

Okay

**Heißer Typ = Heißer Look?
Der große Style-Check!**

Tadadadaaa

ちゃらら～

Unsere Jury besteht aus stylishen Promis und Zuschauern!

Hot or not?!

Wir checken die privaten Styles der Promi-Männer!!

Eine beliebte Unterhaltungsshow zur besten Sendezeit am Wochenende!

Ist das die Sendung, in der du mitmachen sollst?

Oh!

Unser heutiges Opfer spielt in einer beliebten Vormittagsserie mit: der umwerfende Ikeo Iketeru!

Ja ...

So können auch Menschen außerhalb seiner klassischen Zielgruppe entdecken, wie toll Tamon ist!!

Ich freu mich schon wie blöd!

Und davon der populärste Programmpunkt!

103

Ein abgerockter, dreckiger, alter Hoodie ist das Richtige für mich.

Die Klamotten sind doch okay.

Außerdem gibt es genug Fans, denen Mode völlig egal ist.

Stehen dir gut.

Hörst du mir überhaupt zu?!

Es gibt keine Kleidung, die an mir gut aussieht.

Ja, du hast recht.

Einen Putzlappen, zum Beispiel.

Statt größenwahnsinnig nach Höherem zu streben, sollte ich das tragen, was für mich angemessen ist.

Entschuldigung.

Wie kann ich wertlose Kellerassel mir nur so was einbilden?

Putzlappen sind keine Kleidung.

105

Zwapp

Es ist nicht fair, das alles so auf die leichte Schulter zu nehmen!

Zieh dich wenigstens an wie ein Mensch.

Ah!

★★★
Jetzt reicht's, aber!

Öko-Müllsäcke
10 Stück 45 Lite

In den Ein

Kauf

Ich kauf das jetzt und das war's.

Den Leuten ist doch egal, was ich anhabe, wenn ich abtrete.

Ach, ich mach mir sowieso zu viele Gedanken.

Also was soll ich tun?!

Ein Kleidungsstück, das du anhast, kann ein Menschenleben retten!

Blaff

Für Fans gehört es zu den ganz wichtigen Fragen, was ihr Star privat trägt!

So was ist überhaupt nicht egal.

Blaff

Aber wenn sich schon mal die Chance bietet ...

Hm. Ich mag auch den Deprimon-Look.

Utage!

Gwapp

かじっ

Zeit für die Tamon-Fashion-Show!

Wollen wir nicht dem ganzen Land vor den Bildschirmen zeigen, wie unfassbar cool du bist?!

Gwitt

Aber ihr wollt doch auch alle den bestmöglichen Tamon sehen, oder?

Sorry, dass du warten musstest.

Bitte verzeiht mir.

Wir gehen shoppen!!

TAKABA MALL

107

So-lange es für dich okay ist.

Äh, na ja ...

Oh?

Kommt das komisch rüber?

Soll das Tarnung sein?

Und dann steht auf einmal das Gegenteil vor einem.

Ich habe eine Menge zu tun ...

Tapp

Tapp

Ich habe alle Outfits im Kopf, die Tamon bei seinen Auftritten getragen hat.

Ich weiß, welche gut ankamen und welche nicht.

Bling

Meinst du, das geht?

Ich kann leider nicht viel ausgeben.

Ach, hier gibt es viele Läden für Schüler und Studenten.

Ohne Sonnenlicht ist der Abgrund der Finsternis nur noch düsterer.

Es ist doch widernatürlich, einem Trauerkloß eine Sonnenbrille zu verpassen.

Was?!

Tadaaa シャン!!

Ein Lächeln für die Welt!

ホゥ... Fuaaah

Hübsch.

Depri デレ×

Als Vertreterin des Tamonismus befehle ich es dir!

Halt die Klappe!

Wenn ich meine Wunschvorstellungen als Fan mit diesem Wissen verbinde, kann ich für Tamon das perfekte Outfit finden.

Es gibt nichts, das dir nicht steht!

Umkleidekabine

Ploff ぽい

Damit eines klar ist: Wir sind nicht hier zum Vergnügen!

Was machst du dir für Sorgen?

Andererseits ...

... wenn ich so was Fröhliches trage, fällt vielleicht erst recht auf, wie trübselig ich bin.

ぽい Ploff

ぽい Ploff

109

Einfach bombastisch, was er an Fanservice draufhat. Dazu das natürliche Posing und der passende lockere Spruch.

Ich liebe dich, Tamon.

(Genießt die Tamon-Show.)

Schwupp

Haaah

Ist vor lauter Aufregung erschöpft.

Du guckst so grimmig. Ist was?

Sieht doch cool aus.

...

Flump

...

Simple is best.

...

...

...

Zupp

Zupp

...

Akku leer

Wer sagt denn so was?

»Tamon ist auch nur ein Mensch.«

Tut mir leid.

Ich bin ein unfähiger Loser. Eine totale Null.

Dabei war ich so gut drauf...

WITH F/ACE

Was sehe ich da?!

Featuring F/ACE

Dodomm

Ein Print-Club-Automat mit der Featuring F/ACE Limited Edition?!

Du hast dich tapfer geschlagen.

Ha ha

Mein Gesicht ist ganz ausgelaugt.

So, das wäre geschafft.

Oh!

!!

Wir waren erfolgreich shoppen, gehen wir nach Hau...

Diuuung !!

Wähle deinen Hintergrund

Normal-Mode

FACE-Mode

Ah!!

Ich bin in-stinktiv losge-rannt.

Das ist ...

Oh

Sorry.

Lins

3·2·1

Ah!

!!

Jetzt kommt die Aufnahme!

Multiple Tamon

So viele von mir ...

Wow.

Moment.

Wofür sind
wir noch mal
hergekommen?

Alles in
Ordnung,
Deprimon?

Ich treffe mich hier ...

Ja.

Kommst du ...

... oft hierher?

Ja.

Äh, gut.

Meine Laktatwerte im Gesicht sind endlich gesunken.

... ab und zu nach der Schule zum Lernen mit meinen Freundinnen.

Vielen Dank für deine Shoppinghilfe.

So wie jetzt.

Hi hi

Na ja, in Wahrheit quatschen wir bloß rum und so.

Ja, kann ich mir vorstellen. Er lebt in einer anderen Welt als wir.

Und du?

Ich gehe eigentlich kaum aus.

Ich bin zum ersten Mal hier.

Schwupp

Echt nett.

Könnte mir auch gefallen.

So toll bin ich auch wieder nicht.

Es gibt genug Leute, die mindestens so viel Talent haben wie ich.

Was? Wie bit-te?!

Ah!!

B... Bist du jetzt sauer?

...

S... Sorry! Wir sind ja nicht zum Vergnügen hier.

»Tamon ist ein Genie.«

Nein, überhaupt nicht.

Ich staune nur, dass einem tollen Typen wie dir das Gleiche Spaß macht wie uns.

Da fällt mir ein ...

Gehst du nicht mit anderen aus der Gruppe raus?

Das ist alles.

Und Keito scheint auch ...

Natsuki ist immer supermodisch!

Die wären sicher kompetenter als ich.

Vielleicht hättest du lieber deine Kollegen um Rat fragen sollen?

...

Huhu!

Hm?

Takt-gefühl, Utage.

Mist!

Was machst du hier?

?!

Da ist ja Utage!

Das ist aber ein komischer Hut.

Wer ist das?

?!

S... So ein Zufall!

»Dann schalten wir drei sie aus!

Äääähm ...

Ich bin ein Kumpel ...

... von ihr.

I...

Ich hätte ihn um diese Zeit nicht hierherbringen dürfen.

Ach ...

Ich habe meinen Gott zu einer schrecklichen Lüge gezwungen.

Ja, genau. Aus der Mittelschule.

Aber ich wollte doch ...

Auch wenn du mir vergibst, ich kann mir das nicht verzeihen.

Ich habe dich um Hilfe gebeten.

Du brauchst dich für nichts zu entschuldigen.

Ab jetzt werde ich darauf achten, mindestens drei Meter Abstand zu dir zu halten.

Bei der Arbeit darf ich kein Fan sein.

Nein ...

Doch.

Es tut mir wirklich furchtbar leid.

...

Hm?

Ja?

Sieh mich an, Utage.

?!

Magst du mich?

Tama-goyaki.

Was wolltest du denn machen?

Ach, halb so wild. Beim Kochen misslingt am Anfang jedem mal was.

Ich habe die armen Eier so grausam massakriert, dass ich sie wegwerfen musste.

Es ist mir nicht gelungen, aus wertvollen Lebensmitteln ein leckeres Essen herzustellen.

Da dachte ich, ich könnte mir wenigstens selbst was kochen.

Durch mich hast du dauernd mehr Arbeit, als dein Job vorsieht.

Töte mich ...

Töte mich ...

Seufz

Was haben die Eier damit zu tun?

Soll das ein Witz sein?!

Ein brutaler Eiermörder, der singt und tanzt?

Deinen Fans ...

... ein Lächeln schenken.

Ich pausiere meine Karriere, bis ich ein anständiges Omelett braten kann.

Was?!

!

Da kannst du mit jedem Meisterkoch mithalten, also sei stolz auf dich und hab Selbstvertrauen!

Das ist etwas ganz Besonderes.

Moment mal!

Auch wenn du kein Tamagoyaki schaffst, gibt es trotzdem eine Spezialität, die dir immer gelingt!

Hä?

Es lebe der Tamonismus!

Ganz kapiere ich es nicht, aber ich glaube, jetzt habe ich wieder Kraft zum Weitermachen.

Gut.

Ich werde dir zeigen, wie man Tamago-yaki macht. Sei unbesorgt.

Klatsch Klatsch

Oje.

Du hast es problemlos geschafft, Tamon in seinem psychisch angeschlagenen Zustand wieder zu beruhigen.

Großartig.

Der Manager von F/ACE.

Er sieht furchtbar mitgenommen aus.

Wirklich erstaunlich.

Späh-
U!...

Wer hätte gedacht, dass eine neue Haushälterin so einen Unterschied macht?

Tamon ist in letzter Zeit spürbar vernünftiger und tüchtiger geworden. Ich hatte mich schon gewundert, was da los ist.

Vielen Dank.

Hier, bitte.

Tock

Wenn man viel um die Ohren hat, wird der Haushalt zur Belastung.

Auf einen netten Fan hörst du also?

Verstehe.

Er guckt wie ein ausgesetzter Hund, der das Vertrauen in Menschen verloren hat.

Glaub ich.

Vermutlich.

Utage ist anders.

Sie sehen mich nur als Goldesel, Herr Fujita.

Ältere Personen begleiten wir auf Spaziergängen und unterhalten uns mit ihnen.

Wir kaufen ein oder gehen mit dem Hund spazieren.

Verstehe.

Wir gehen so weit wie möglich auf die Bedürfnisse unserer Kunden ein.

Sag, was fällt bei deiner Firma alles unter Hausarbeit?

Tamon hat mir im Verhör alles gestanden.

Begleitung

Gesprächs-partner

Das Training für das Hi-Touch und die gemeinsame Shoppingtour gehörten also zu deinen Aufgaben als Haushälterin ...

... und dienten nicht der Erfüllung deiner persönlichen Wünsche als Fan?

Sorry!

!!!

Brüll!!

!!

Wupp

Bitte warten Sie! Es ist nicht Utages Schuld.

Wenn Sie jemanden umbringen, dann mich!

Es tut mir furchtbar leid!

Ich werde so etwas nie wieder tun!

Das sollte alles nur Tamons Idol-Karriere fördern. Trotzdem hätte das kleinste Missgeschick leicht zu Ärger führen können!

Tamon ...

GX!! WUMP

?!

... Tamons!

Hä?

... auch weiterhin um alle Haushaltsangelegenheiten ...

Bitte kümmere dich ...

Was?!

Um ehrlich zu sein, bist du uns eine Riesenhilfe!

Wir haben keine Connections, zu wenig Personal und unser ganzes Budget ging drauf, um F/ACE zu promoten.

So ungern ich es zugebe, wir sind nur eine kleine Agentur ohne große Mittel.

Dasch

Den durchge-
knallten Zombie
überlasse
ich dir!!

So,
ich muss
jetzt los
und einem
verwöhnten
Gorilla itali-
enische Sah-
nebrötchen
besorgen.

Ähm
...

Wie?!
Was?!

Gorilla?!

Stopp,
Utage!

Geistige Vision
(Wahnvorstellung)

Soll das
heißen
...?

Krieg dich
wieder ein. Es
geht hier nicht
um die Erfüllung
deiner Fangirlträu-
me, sondern um
ein höheres Ziel:
Tamon als Idol
zu fördern.

Batsch

Ich darf
machen,
was ich
will?

Ich freu
mich schon
auf deine
Rundum-
versor-
gung.

Auch mit den Jungs von F/ACE scheint er nicht wirklich befreundet zu sein.

Bis jetzt habe ich den Eindruck, sein Manager kümmert sich nicht sehr um ihn.

Mit 16 kam Tamon zum Casting nach Tokio.

Kein Wunder ...

... wenn er gern mit einem aufdringlichen Fangirl abhängt, das zufällig in sein Leben geschneit ist.

Für Tamon bin ich ein nützlicher Fan.

Ja, genau.

Ich muss meinen Job als Haushälterin ernst nehmen!

Also darf ich seine Erwartungen nicht enttäuschen.

Grübelt über einen Blogeintrag.

Hmmm

Hmmm

Wrrrooo

Das Automatenfoto ...

... von neulich.

Ich dachte, er sieht sein Gesicht nicht gern.

Hier?

Die Götter und ihre Dienerin

Noch ein Gott!

Noch ein Gott!

Gott!

Gott!

Träum

Träum

Darum hab ich das Bild an eine Stelle geklebt, wo ich es gut sehen kann.«

Kratz

Kratz

»Dein Lächeln baut mich auf.

Lass hier in Tamons Zimmer nicht deine Fantasie mit dir durchgehen, Utage!

Zupp

Baumel

ポッ

Oh

Das sind seine ersten Print-Club-Sticker, hat er gesagt. Sicher sind sie deshalb was Besonderes für ihn.

Die Kette werde ich noch an meine Kinder und Enkel vererben.«

»Danke fürs Aussuchen.

Ha ha

Slooo

Schleich

!!

Was ist
los?

Utage
...

Slooo

Slooo

Zupp

Jetzt nicht
auf egoistische
Gedanken
kommen!

Aber
zu Hause
schaff ich
den Switch
irgendwie
nicht. Was
soll ich
tun?

Mal
sehen
...

Hmm

Ich soll
in meiner
Wohnung
Selfies für
unsere Fan-
seite machen.

Intime
Einblicke ins
Privatleben?!
Eine Tamon-
Homestory?!

Fanservice geht Tamon über alles, das ist einfach seine Art. Wenn die Fans sich auf den Fächern, mit denen sie winken, etwas wünschen, dann macht er das auch. Da ist er am Ende der Show für jeden Quatsch zu haben. Er ist eben ein Gott, der seine Anhänger verwöhnt! (Ende).

Spring den dreifache Axel!!

Tanz zu Soran Bushi!*

Küss

Küss

Küss

* Japanisches Volkslied.

Switch on!

Tadaaaaaa

Damit lässt sich was machen!!

Lock on to your heart!

Switch on!

Zwapp

Was ekelt dich so an deiner Schönheit? Höchstens das Übermaß an Perfektion, das gegen die Naturgesetze verstößt. Das könnte ich verstehen.

Immerhin hab ich es so geschafft, Selfies zu machen, ohne zu kotzen.

Danke!

Hah

Hah

Fanservice ist Tamon in Fleisch und Blut übergegangen. Das liebe ich so an ihm.

Du nutzt aus, dass ich wie ein pawlowscher Hund auf Fächer reagiere?! Nicht zu fassen ...

Okay, Aussehen ist wichtig ...

Aussehen ist wichtig.

Wie ich aussehe, ist mir völlig egal.

Ich hasse es einfach, Selfies zu machen.

Haaah

Ach, Deprimon.

Wird dir das nicht langweilig?

In der Hinsicht kommen wir nie auf einen gemeinsamen Nenner.

Du bist doch gerade live dabei ...

Homestory-Bilder sind eine ganz besondere Kostbarkeit!

langweilig

Du weißt doch schon, was auf den Bildern ist.

Hä?

Jedenfalls super, dass du die Fotos gemacht hast!

Die sehe ich mir an, sobald sie online sind.

Du bist
...

Sorry!

Ich sollte vor
dir nicht so
ausflippen.

Ah!

... echt inte-
ressant.

Schon
okay.

»Interes-
sant« ...

Ja.

Findest
du?

Interessant
...

Ich glaube, er hält mich für eine durchgeknallte Spinnerin.

Das findest du interessant?

Zum Beispiel, wie du plötzlich laut wirst.

So hat mich noch nie jemand genannt.

Keine Ahnung, wie es den anderen geht.

Wir Fans sind alle so drauf.

Weißt du, ich bin nicht die Einzige, bei der die Gefühle überkochen, wenn's um dich geht.

Aber ...

Es lebe Tamonismus!

...

... zumindest im Moment ...

153

... bist du für mich etwas Besonderes.

Ach, Tamon.

Du bist mir ja einer!

Fängst du schon wieder so an?!

Der Dienst an den Fans geht für Tamon über alles.

Das ist alles. Nicht mehr und nicht weniger.

... und du ein Star, der sich ängstlich an mich klammert.

Ich bin ein Fan, der zufällig bei dir gelandet ist ...

Ich bin ein Fan direkt vor seinen Augen.

Blubb

Blubb

Blubb

Blubb

Blubb

So!

Jetzt schau ich mir *News Station* an und ess dabei ein Eis.

Hops

るん

るん

Hops

Darum sagt er immer Sachen, die mir Freude machen.

156

Du kannst mein Eis haben. Hört auf zu streiten.

Echt?! Darf ich?!

Klar.

Meine Güte.

Immer das Gleiche.

Kann man nichts machen.

Klick

Jetzt feiern wir den Release ihres ersten Albums ...

... mit einem F/ACE-OFF-Medley!

Anfangs wollte ich nur der Realität entfliehen.

キラ Glitzer
キラ Glitzer
キラ Glitzer
キラ Glitzer

»Ich möchte der ganzen Welt ein Lächeln schenken!«

In einem Moment, als ich mich platt fühlte wie eine zerquetschte leere Blechdose ...

... bist du plötzlich vor meinen Augen aufgetaucht.

Du hast etwas gesagt, das ich nie im Leben rausbringen würde. Selbst wenn ich hundertmal wiedergeboren würde.

Der ganzen ...

... Welt?

... eine leere Hülle?

Flump

Bin ich nur ...

Es war eine Begegnung mit dem Unbekannten.

Waaaaaaah

Ich bin gerade beschäftigt!

Hey, Utage!

Swisch Swisch Swisch Swisch

Es lebe der Tamonismus Es lebe der Tamonismus

Gleich kommt Tamons Solo!

Swisch Swisch Swisch Swisch

Seit ich Tamon kenne, macht jeder Tag unheimlich Spaß und vergeht wie im Flug.

»Du bist echt interessant.«

Was?

»Du bist für mich etwas Besonderes.«

Was hat das zu bedeuten ...?

»Bitte sei an meiner Seite mein Fan.«

»Ich hatte heute viel Spaß.«

»Ich wollte unbedingt von dir gelobt werden.«

»Du bist echt interessant.«

Echt jetzt, Tamon?! Band 1 – Ende

Special Thanks

Redaktion: Hasegawa
Design: Noro
Korrektur: Sato

Atsu
Homine

Alle, die an der Entstehung
dieses Buchs beteiligt waren.

Depripilz
Wächst auf dem feuchten
Nährboden der Niedergeschla-
genheit. Ist zwar nicht giftig,
schmeckt aber auch nicht.

So machst du deinen eigenen Fan-Fächer!

Utage zeigt es dir!

How to make a fan for a fan

Ich benutze diese Apps!

App zur Beschriftung des Fächers:
Fanserz

LINE Camera

★ Falls du ein Bild einfügen willst, ist eine App praktisch, mit der man den Hintergrund transparent machen kann. ♪

Hier gibt es das Material!

★ Jumbo-Fächer
★ Zum Bedrucken

* Japanisches Äquivalent zu Ein-Euro-Shops.

Du bekommst solche Fächer in Japan in 100-Yen-Shops*!

Machen wir einen Fächer, wie Utage ihn hat!

Das war's in diesem Beispiel schon!

①

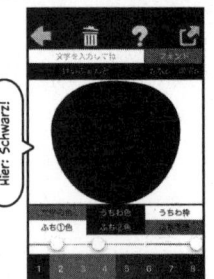

Öffne die Fanserz-App und wähle eine Farbe aus.

Hier: Schwarz!

②

Gib deine gewünschte Beschriftung ein.

Wichtig: Wähle eine große Schrift, damit gleich zu sehen ist, dass Tamon dein Favorit ist!

③

Öffne das Bild, das du mit LINE Camera gemacht hast, und füge den Herzstempel ein.

Die Farbe lässt sich ändern!

④

Im Format A3 ausdrucken und auf den Fächer kleben. Fertig! ♡

Fertig!

Unendlich viele Fächermöglichkeiten! ♪♪

Du kannst auf den Fächer auch schreiben, was du dir von deinem Idol wünschst. Oder deine Liebe zeigen. Gestalte individuell deinen ganz eigenen Fächer!

"♡"

Deprimon, lass aus deinem Kopf Depripilze wachsen!

Easy zu machen = Easy für Fanservice

Shoot me!

Nimm mich!!

Vielleicht findet dein Idol dich ja interessant?!

So lassen sich deine Wünsche vielleicht erfüllen!

Wie wär's mit was Schrägem?

Der totale Hingucker!

＊ Bei der Benutzung von Bildern beachte bitte immer die Persönlichkeits- und Autorenrechte!

Sonderausgabe — Utages Klassiker!

Es lebe der Tamonismus!

Das »Es lebe der Tamonismus!«-Plakat ♡

Neue Tamonismus-Gläubige gesucht!!

...ra-Megafan

Aufkleben!

Es lebe der Tamonismus!

Beschriftung machen!

ES Tam

Ausschneiden!

Plakatunterbau basteln!

Fertig!

Damit ist dir Tamons Aufmerksamkeit sicher! Erfolg garantiert!

Es lebe der Tamonismus!

Es lebe der Tamonismus!

Ursprünglich erschienen in *Hana to Yume* 23/2021.

#lebeUtage

Im nächsten Band

OFFICIAL ★ ANNOUNCEMENT

Ihr Idol hat ihr gesagt, sie sei für ihn etwas Besonderes. Was bedeutet das für das Schicksal von Fangirl Utage?!

Jetzt hat der Prinz von F/ACE seinen Auftritt! Ori Sakaguchi

Was?

#youngestmember

#membercolorblue

Er wirkt wie ein unschuldiges, strahlendes Idol?!

#thoroughbred

Alles okay?

Sst

Alles okay?

F/ACE
New Song Release

Steht Tamon diesmal nicht im Mittelpunkt?!

Mit diesem Song entscheidet sich ...

... wer das Center der Gruppe wird.

Kampf um den Top Spot!

#duentscheidestwerimMittelpunktsteht

The fight is on!!

#topspotforthefavorite

Echt jetzt, Tamon?!

Band 2 erscheint im März 2025!

Oh, der nächste Band kommt schon bald!

Ich habe mich als Manager ins Zeug gelegt!

Lieb mich noch, bevor du stirbst

sora

Mikoto will sich vom Dach ihrer Schule stürzen, nachdem sie nicht bei ihrer vermeintlich großen Liebe landen konnte. Da taucht einer ihrer Lehrer neben ihr auf, angeblich nur, um dort eine zu rauchen. Er beginnt ein Gespräch mit ihr und bittet sie, mit ihm auszugehen. Schließlich könne sie doch ihn lieben, bevor sie stirbt ...

Verliebt in mehr als dein Gesicht

Karin Anzai

Sana liebt hübsche Gesichter und freut sich über jedes Foto des geheimnisvollen Kanato. Live gesehen hat sie ihn aber noch nie. Doch das Unglaubliche passiert: Eines Tages steht er direkt vor ihr und braucht ihre Hilfe als Social-Media-Expertin! Ist dies für Sana die einmalige Chance, hinter Kanatos hübsche Fassade zu blicken und mehr über ihn zu erfahren?

Shiki Chitose

Shojo nach der Schule

Shiki Chitose

Hikaru liebt Shojo-Manga über alles. Leider gibt es niemanden in ihrem Umfeld, der ihre Liebe teilt. Bis sie eines Tages ausgerechnet den Rowdy der Schule Kotaro in der Shojo-Leseecke entdeckt! Doch die beiden müssen sich im Geheimen zum Lesen treffen, denn niemand darf erfahren, dass sich zwischen ihnen eine Freundschaft entwickelt ...

Lies mich noch, bevor du stirbst

sora

Fans von sora aufgepasst! In dieser Kurzgeschichtensammlung findet
ihr fünf spannende Storys aus der Feder eurer Lieblingsautorin! Wie
immer erzählt sora melancholisch-herzzerreißend von Außenseitern,
dem Erwachsenwerden und der Liebe. Als Special gibt es ein *Lieb mich
noch, bevor du stirbst*-Kapitel. Taucht ein in soras Universum!

Lovers High — Meine Freundin, ihr Freund und ich

Karin Anzai | Michiru Eiduka

Für Hikaru scheint nichts richtig zu klappen. Seit vier Jahren studiert sie nun schon, doch sie hat noch immer keinen Freund und findet nicht mal einen Job. Als dann auch noch ihre beste Freundin einen Lover findet, reicht es ihr und sie meldet sich bei einer Dating-App an. Aber nachdem sie mit einem netten Jungen namens Kento die Nacht verbracht hat, beginnt das Chaos erst richtig.

Liebe & Herz

Chitose Kaido

Yo Yagisawa hat im ersten Semester eigentlich genug Probleme. Aber als ein wildfremder Schönling plötzlich bei ihr einzieht und behauptet, ihr Kindheitsfreund zu sein, fängt der Trubel richtig an! Auf einmal beginnen die unheimlichsten Dinge zu passieren. Wer ist dieser Typ und schwebt Yo in Gefahr?

Hello, Innocent
Mayu Sakai

In Yukitos Leben gab es bisher nichts anderes als Lernen und Sport. Für Mädchen oder gar die Liebe blieb ihm nie genug Zeit. Doch dann wird er von einem fremden Mädchen aus einer brenzligen Situation gerettet. Es stellt sich heraus, dass sie eine Mitschülerin von ihm ist. Doch im Unterricht ist sie bislang noch nie erschienen. Das weckt natürlich Yukitos Interesse ...

atraversa

1

Coco Uzuki

Falsche Engel, wahre Liebe?

Falsche Engel, wahre Liebe?
Coco Uzuki

Otogi ist das perfekte Mädchen. Schade nur, dass ihr sanftmütiger
Charakter reine Fassade ist. Ihr Mitschüler Toki zieht ebenfalls alle mit
seiner Freundlichkeit in seinen Bann – nur nicht Otogi. Zumindest bis
zu jenem schicksalhaften Tag, an dem sie sich gegenseitig ihr wahres
Gesicht zeigen ...

altraverse

Deutsche Ausgabe / German Edition

Altraverse GmbH
Ruhrstr. 11 a
22761 Hamburg
kontakt@altraverse.de

Aus dem Japanischen von Christine Steinle

TAMON-KUN IMA DOCCHI!? by Yuki Shiwasu
© Yuki Shiwasu 2022
All rights reserved.
First published in Japan in 2022 by HAKUSENSHA Inc., Tokyo.
German language translation rights arranged with HAKUSENSHA Inc., Tokyo
through Tuttle-Mori Agency, Inc.

Redaktion: Denise Cho
Herstellung: Michaela Müller
Lettering: Vibrant Publishing Studio

Druck: Nørhaven A/S, Viborg
Printed in Denmark

www.altraverse.de